石川　透編

室町物語影印叢刊36

浦島太郎

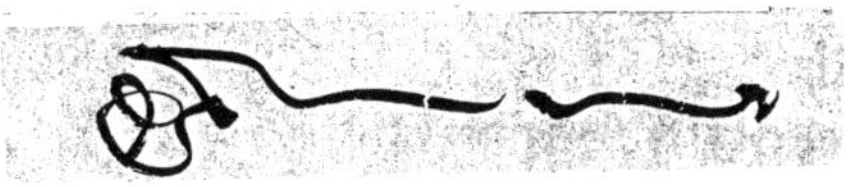

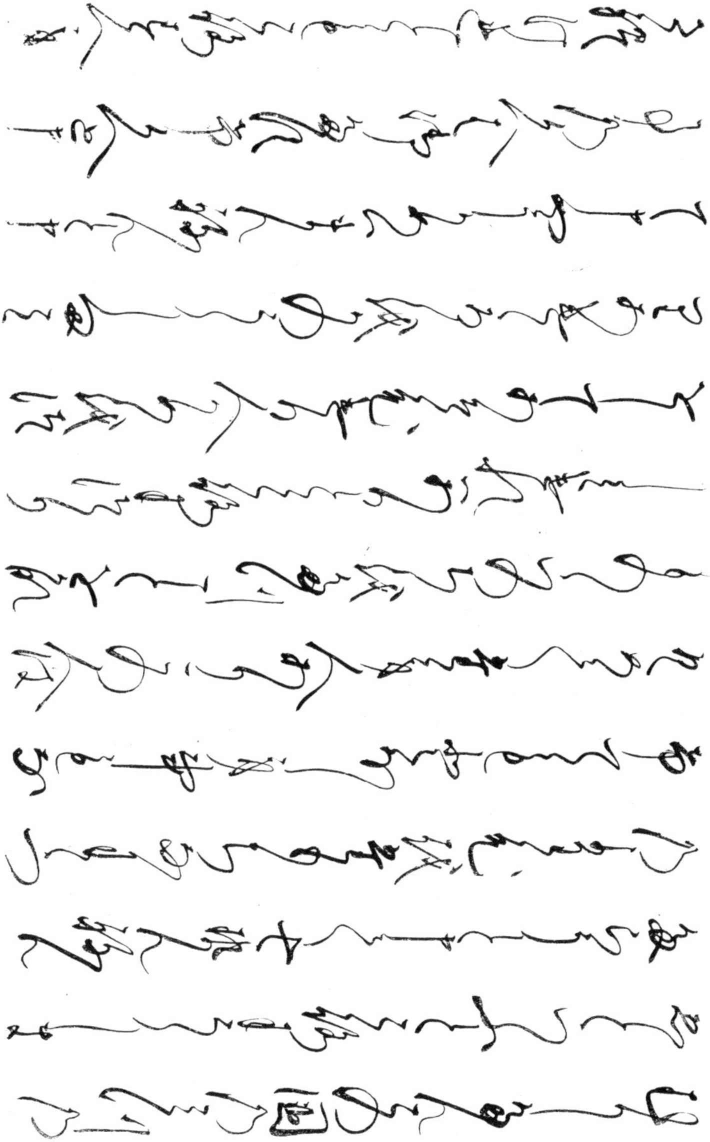

らし我やせん
うきんそのより
らし曲
なかし我
つりしその
かあ我ひ
そんかし
やそれ
まり

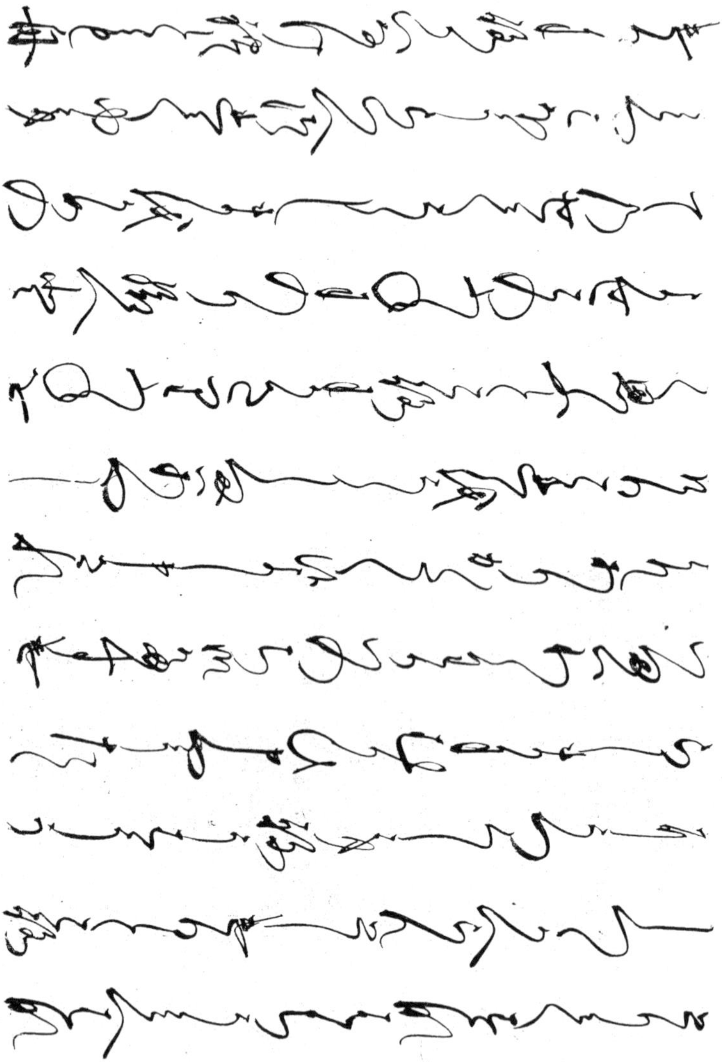

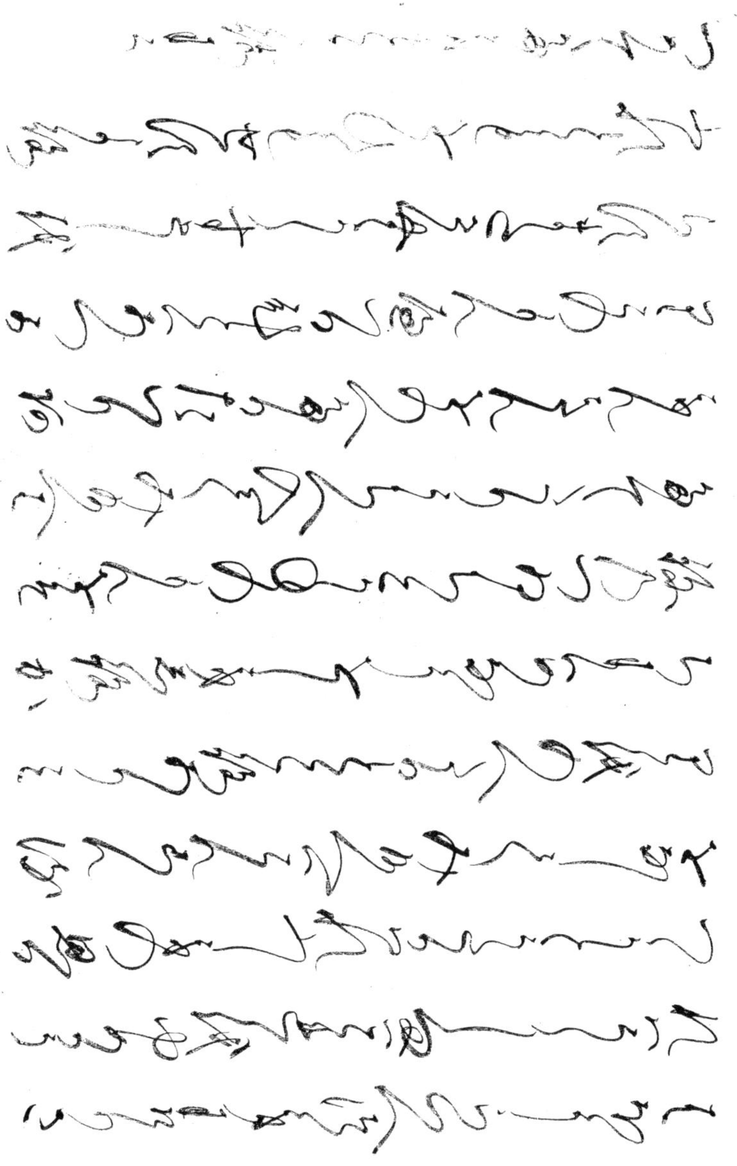

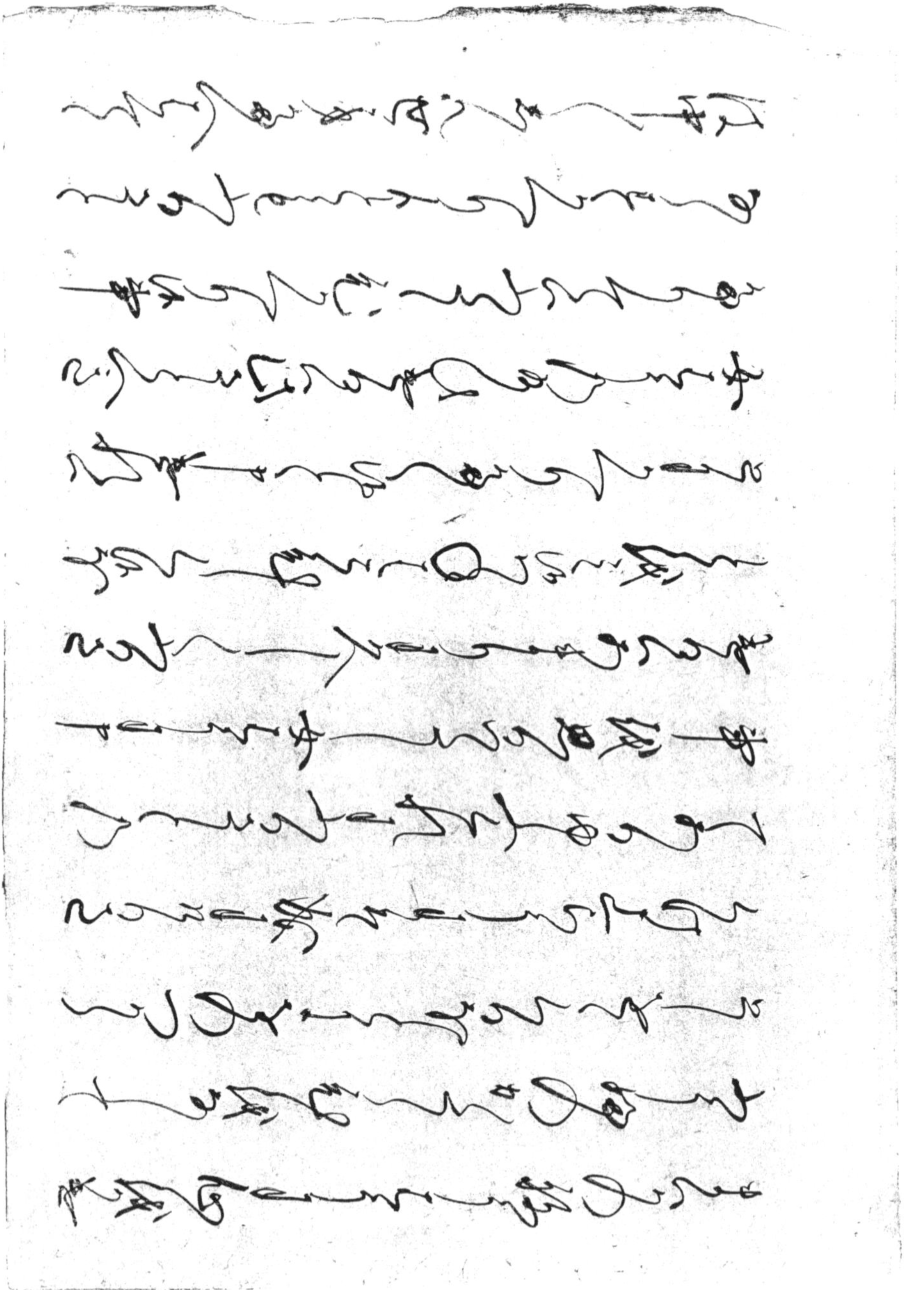

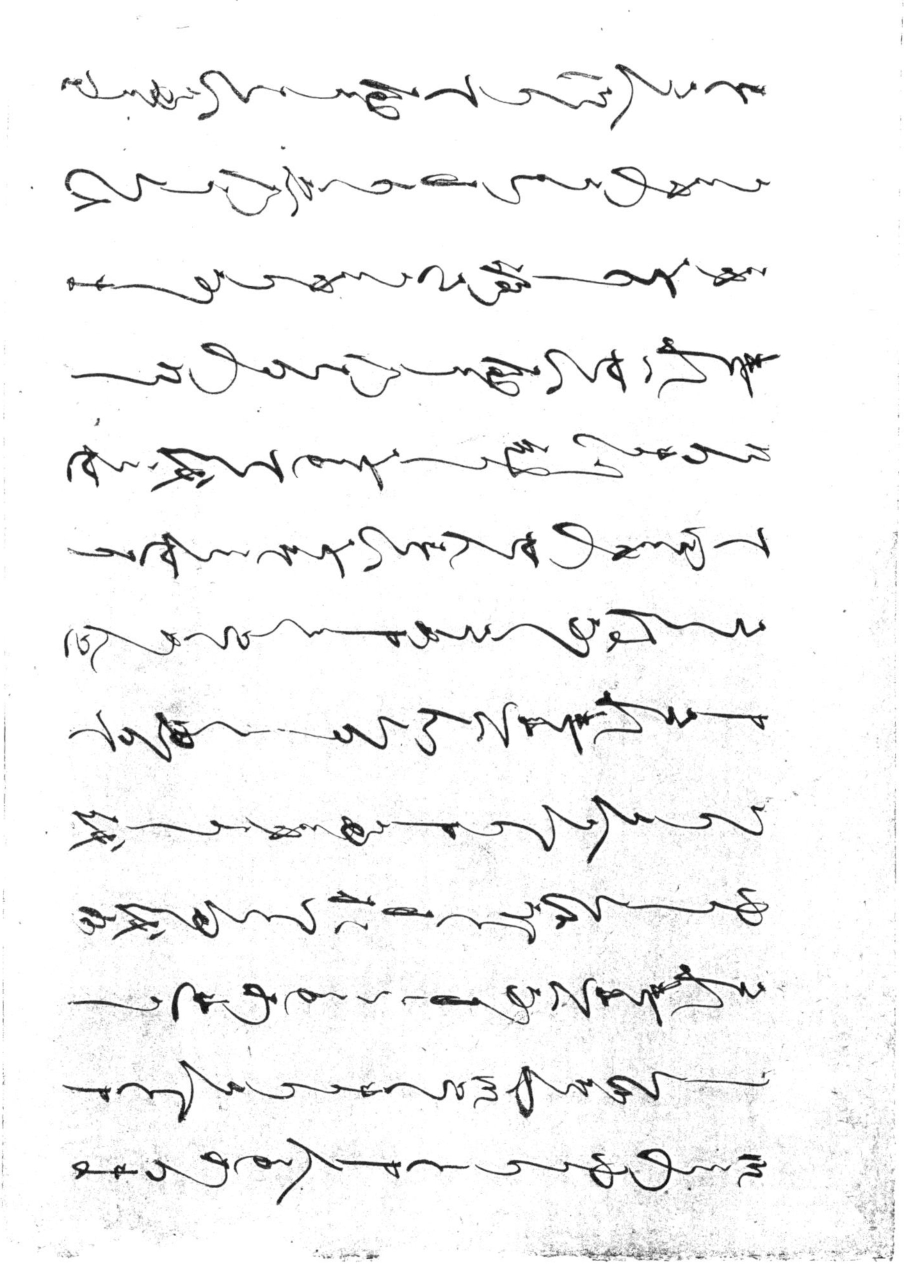

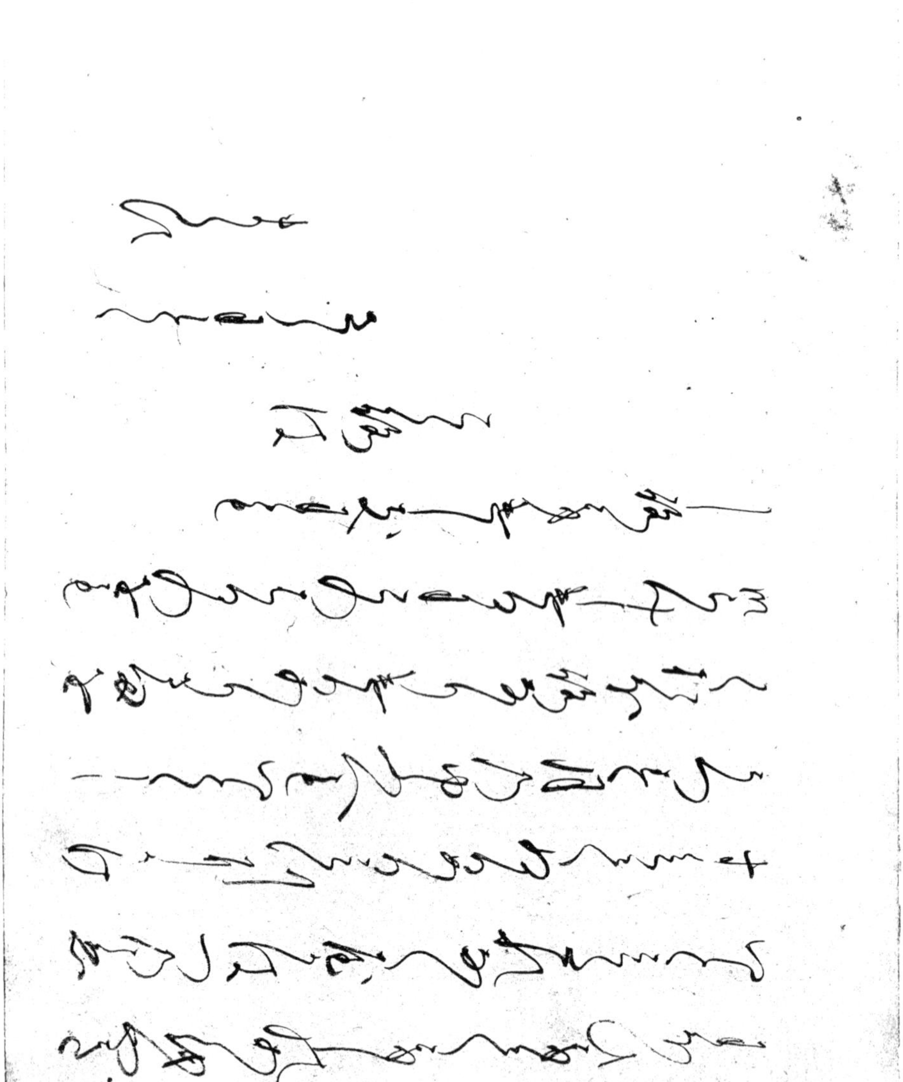

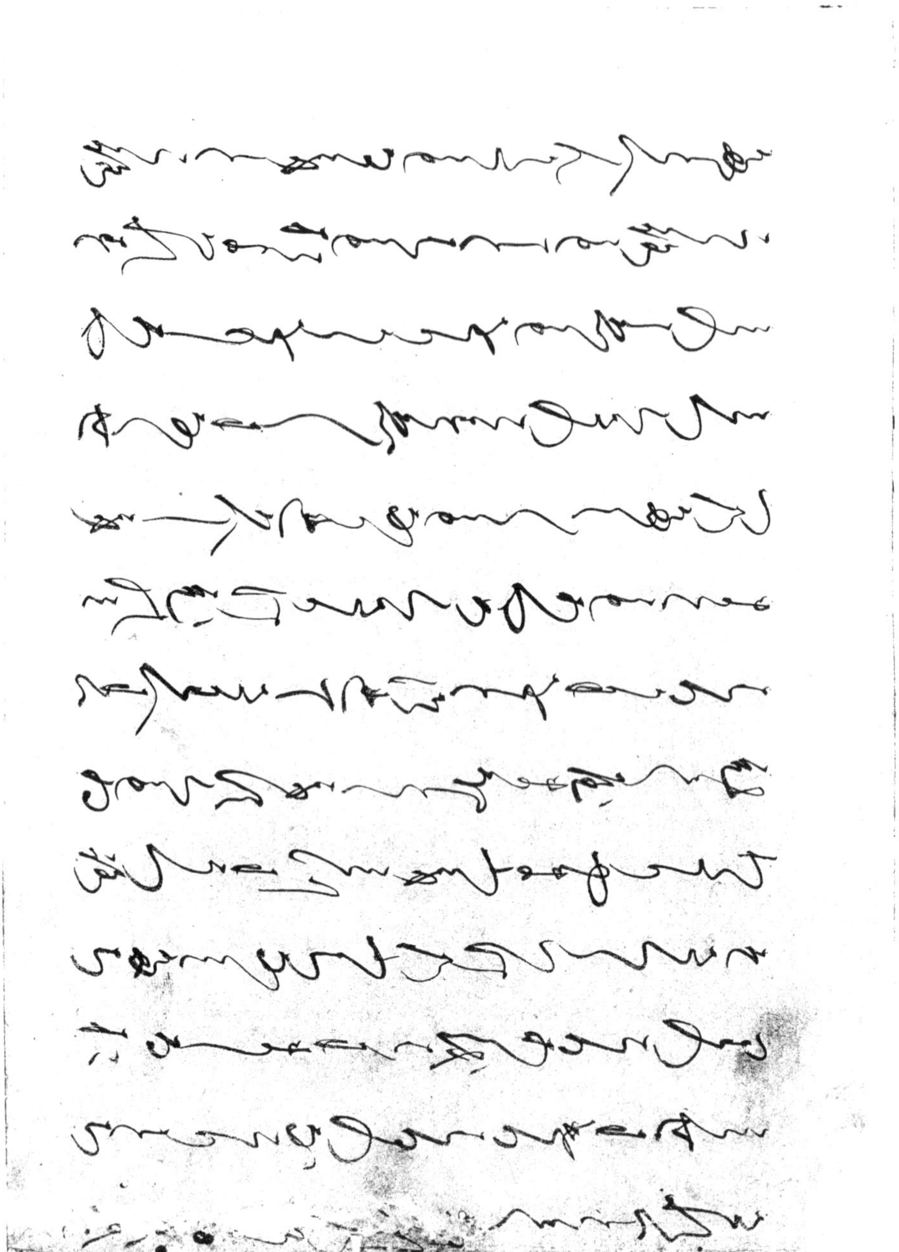

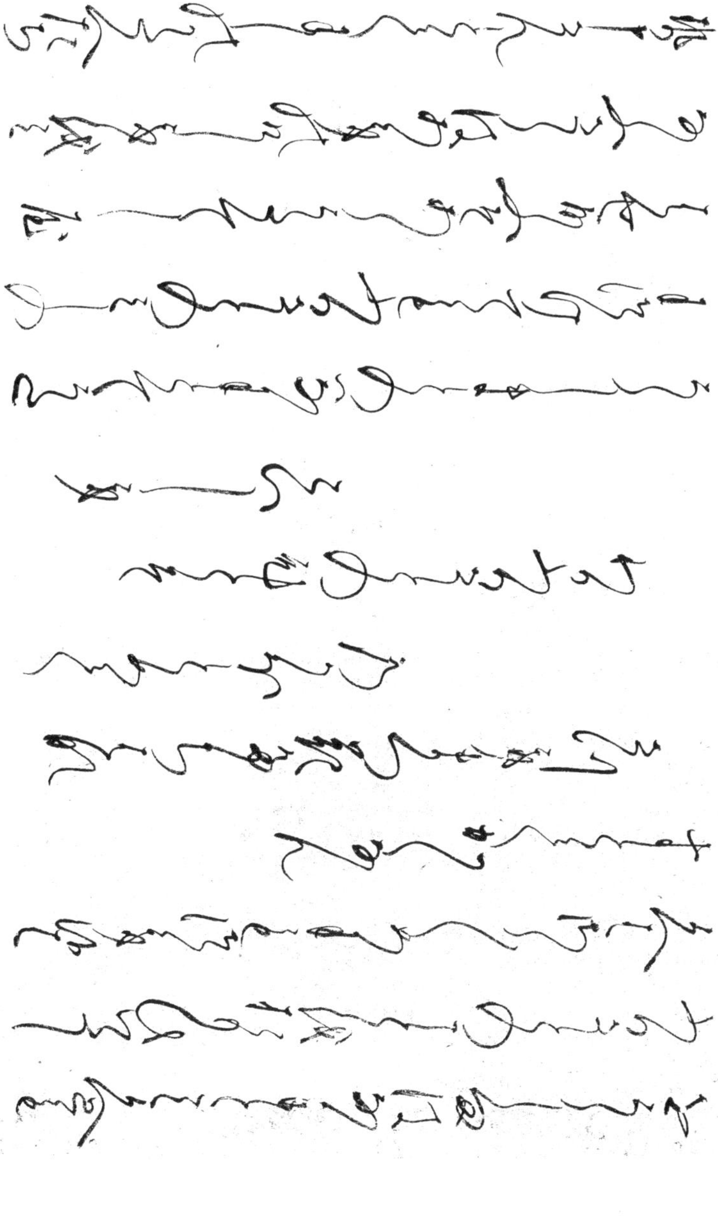

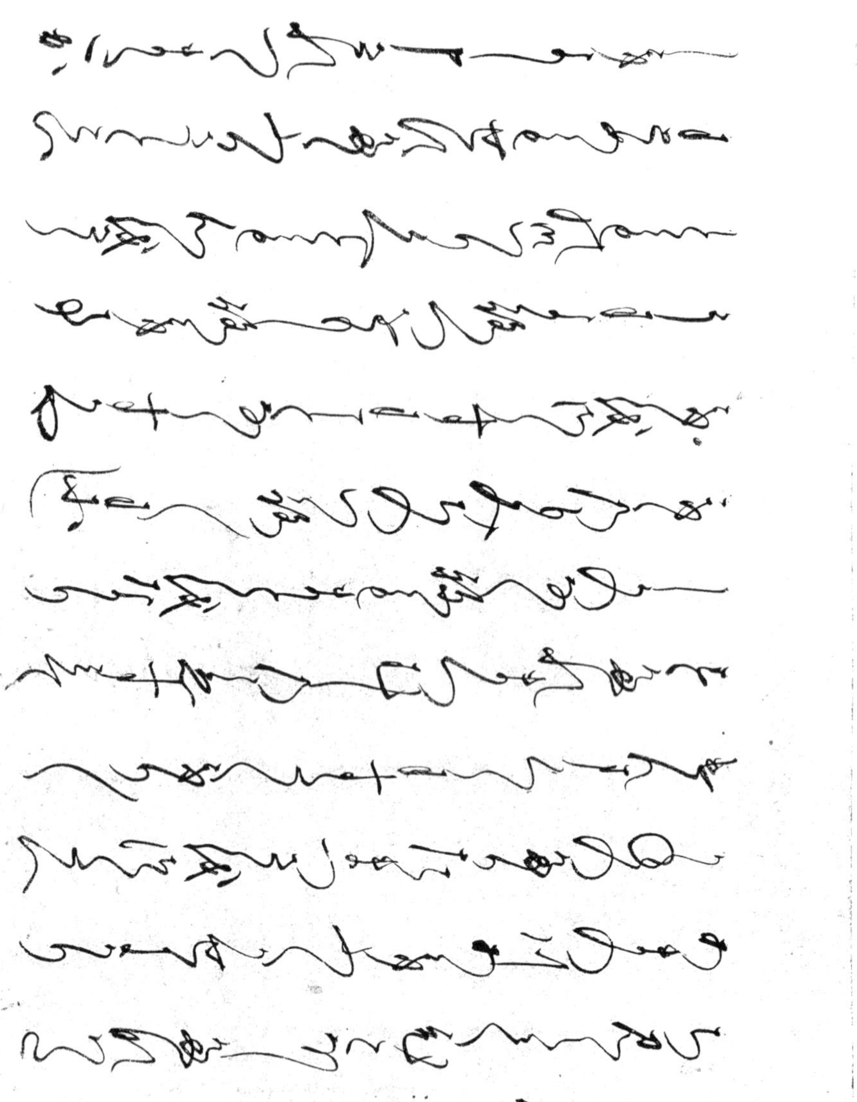

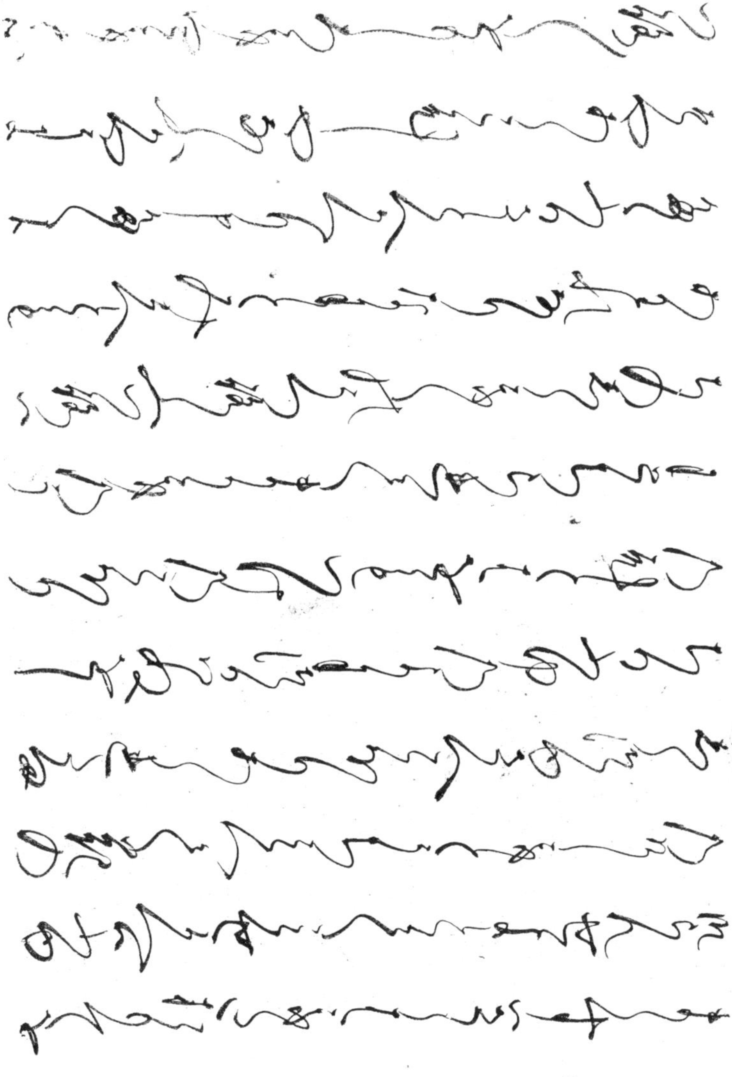

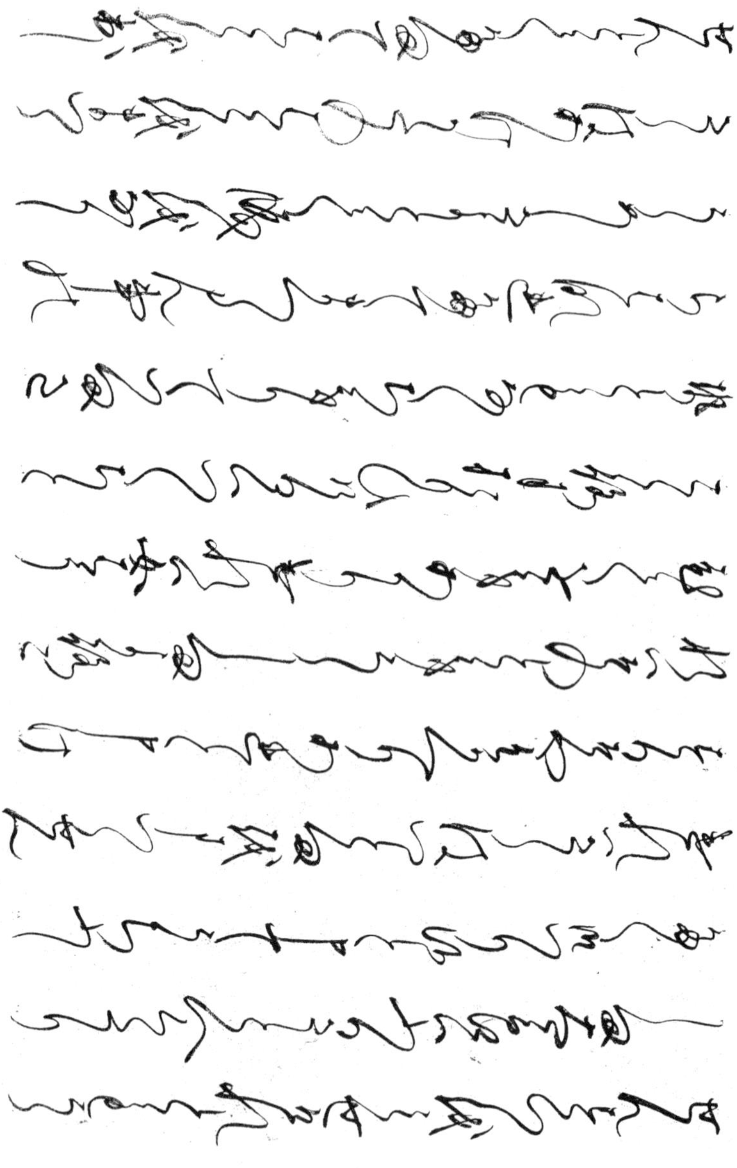

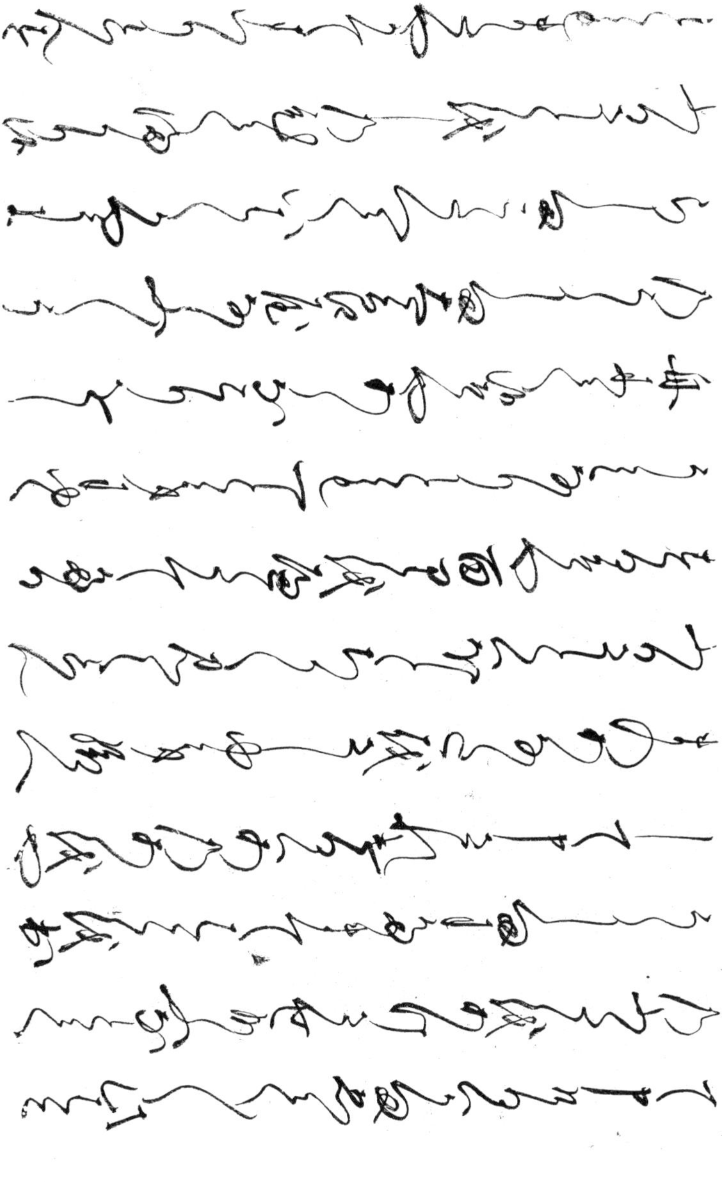

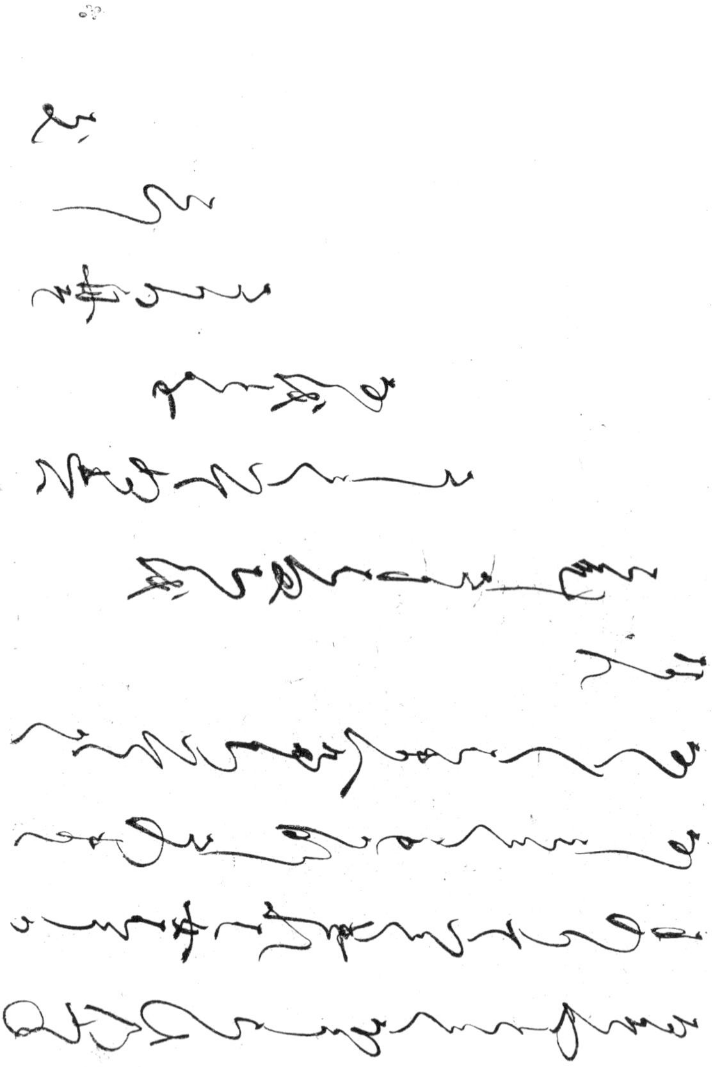

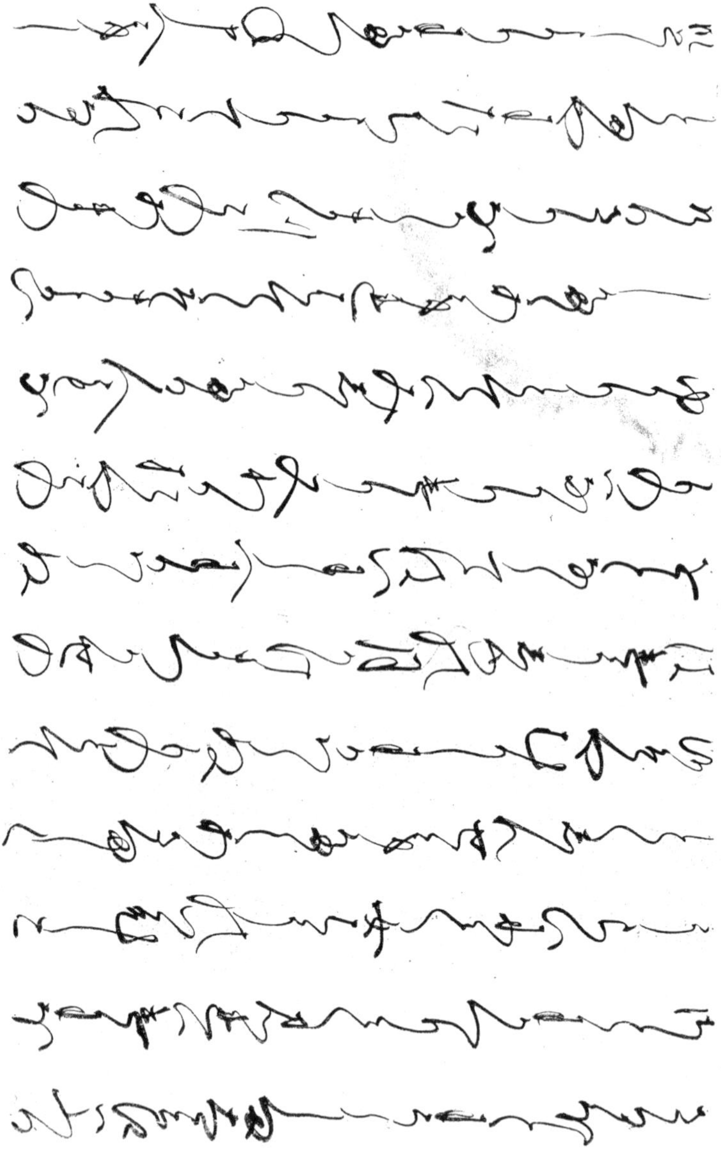

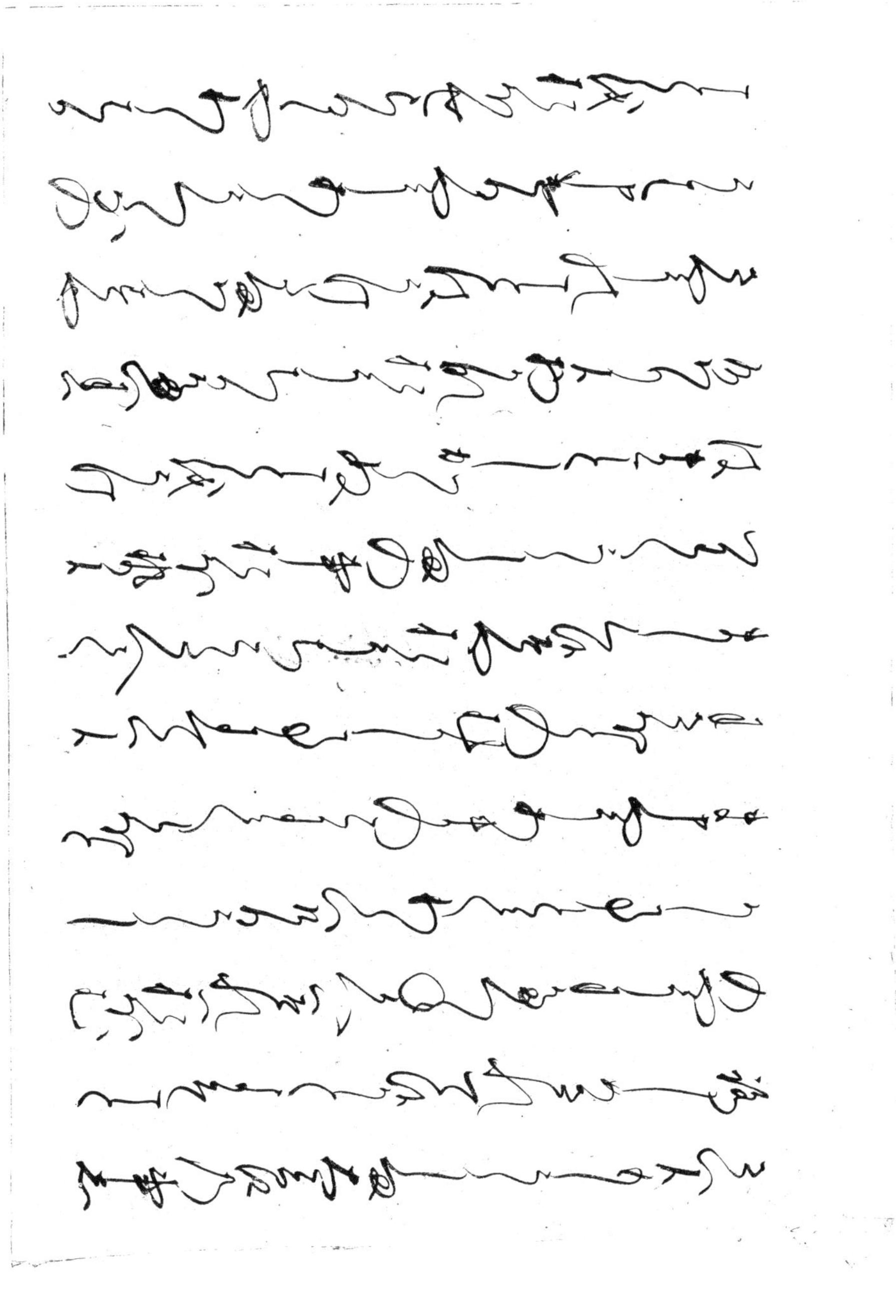

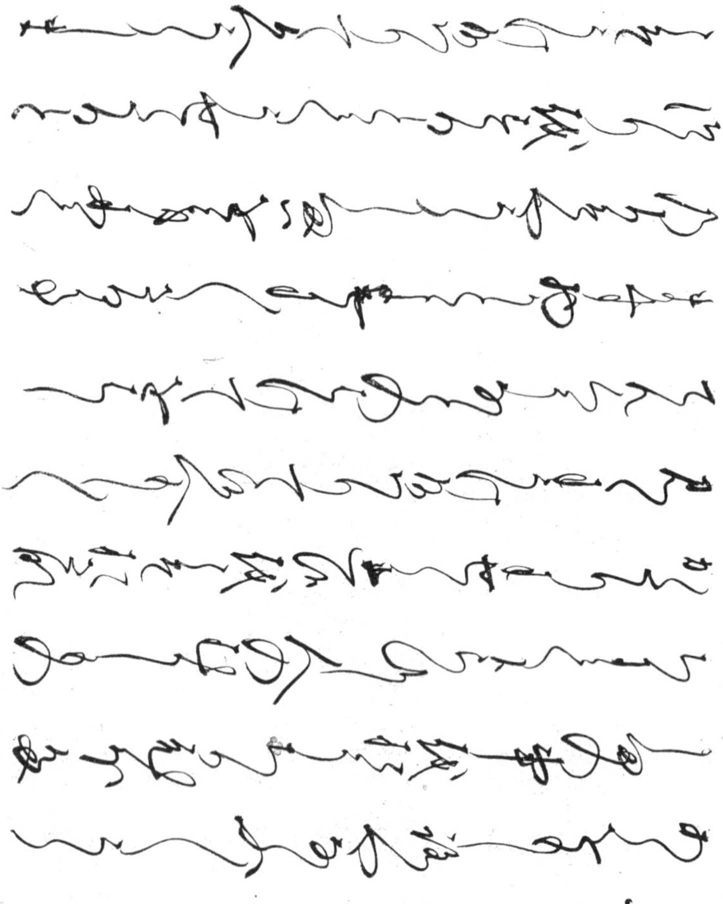

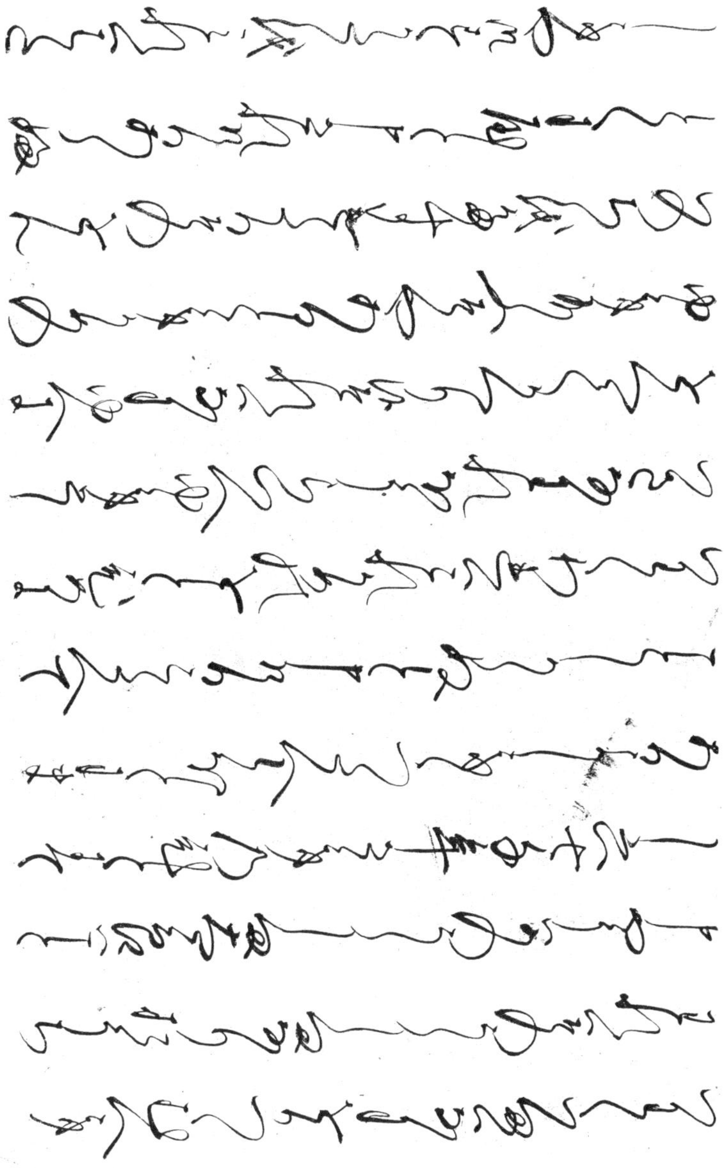

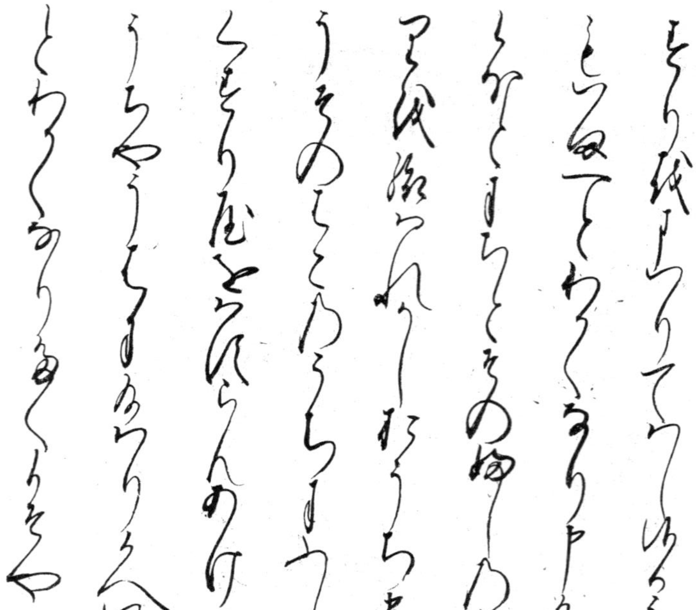

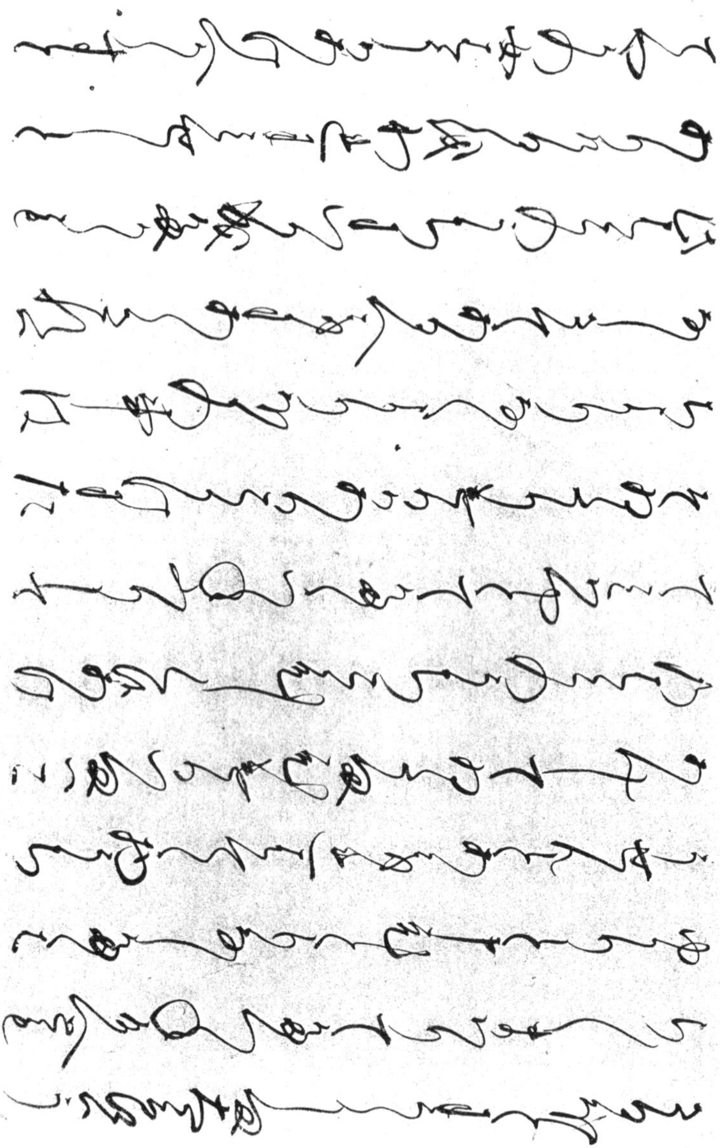

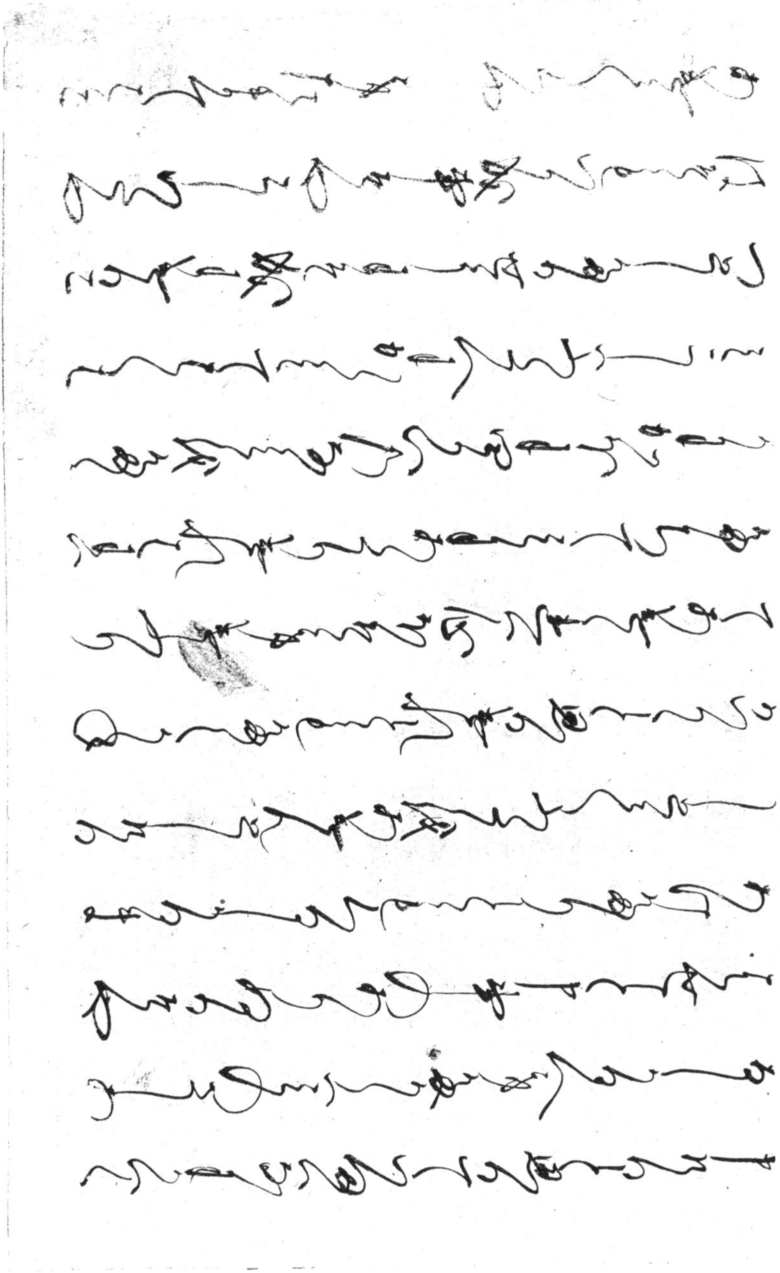

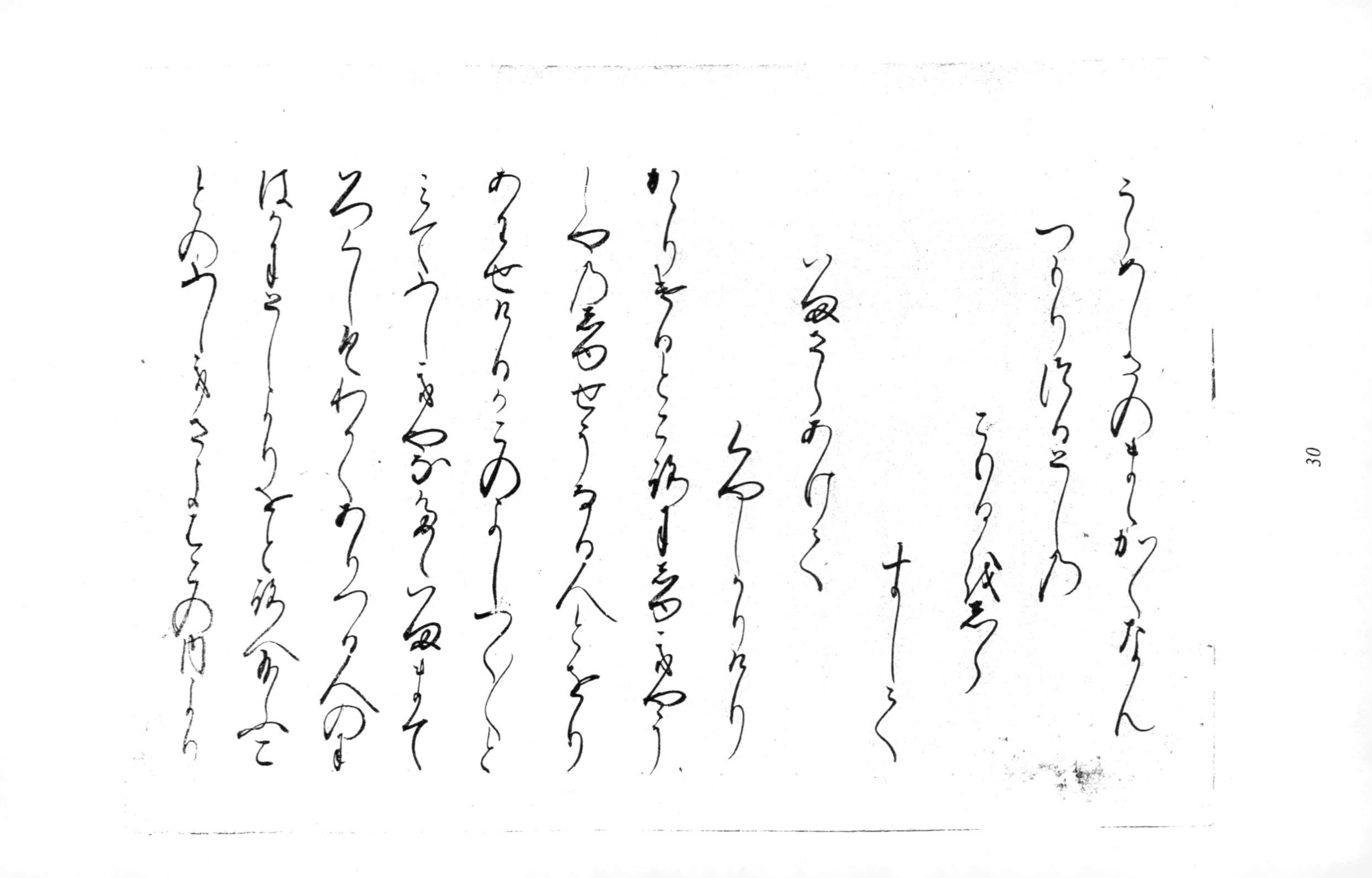

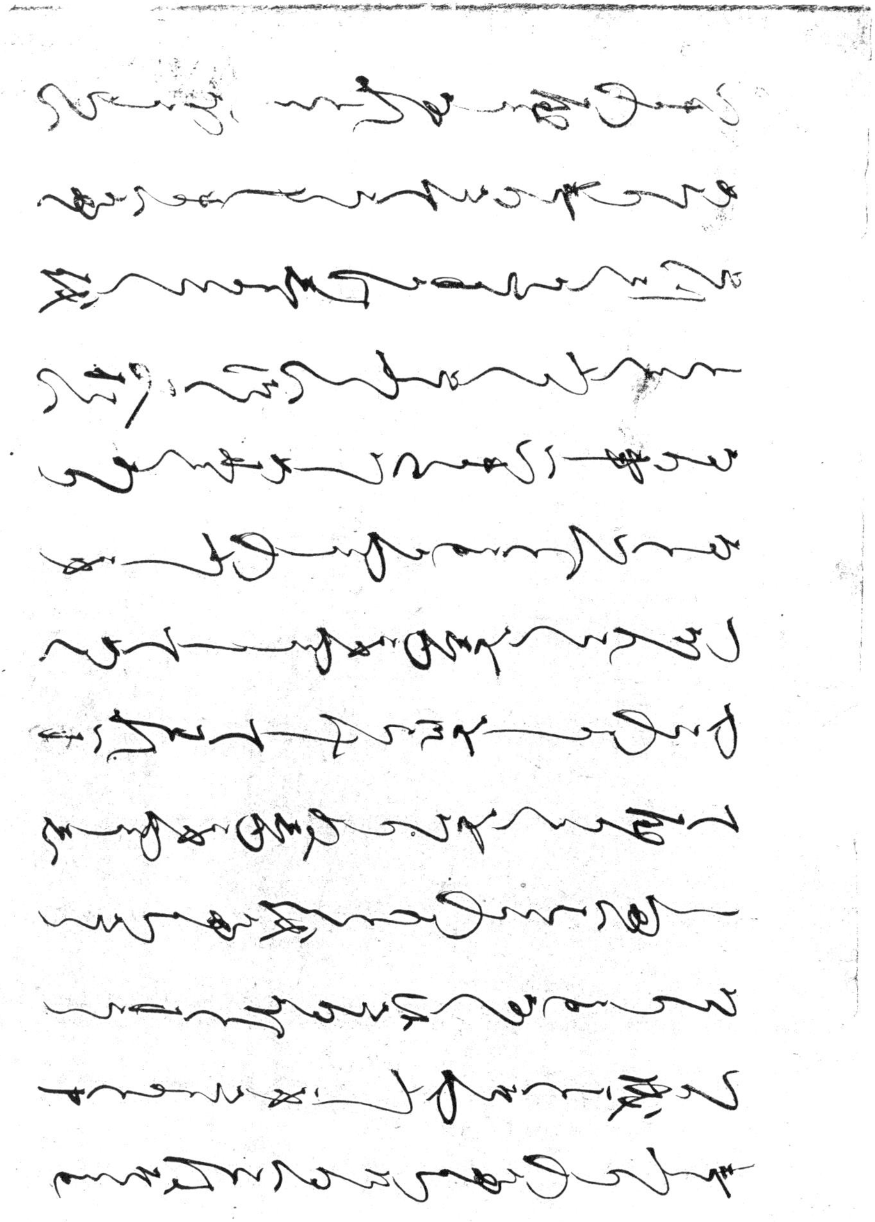

［半丁欠落］

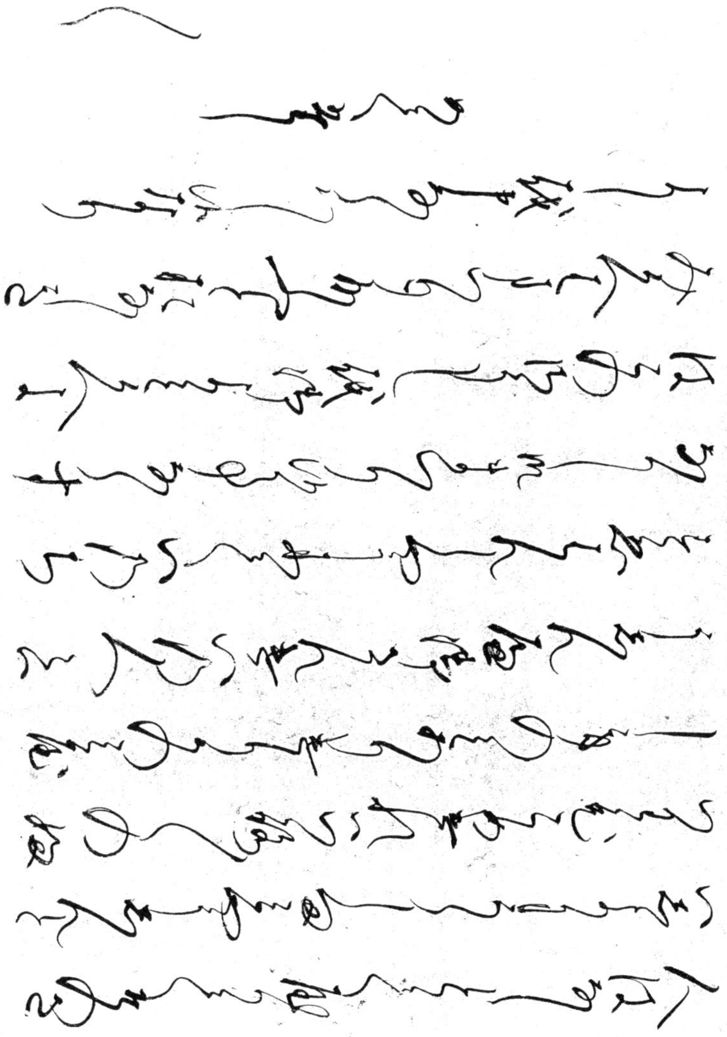

解題

『浦島太郎』は、今日でも著名な昔話であり、古代から存在した話としても知られている。室町物語の『浦島太郎』は、今日伝わる昔話とは、特に最初の亀と出会うところや、最後の終わり方がだいぶ異なっている。一般的な室町物語『浦島太郎』の内容は以下の通りである。

浦島太郎は、漁師が釣り上げた亀を助ける。亀は女になり、浦島太郎を蓬莱の国へと連れて行き、幸せな日々を送らせる。やがて、浦島太郎が自宅へ戻ると、既に、数百年の年月が経っていた。浦島太郎が玉手箱を開けると、一瞬にして翁になってしまう。

なお、室町物語『浦島太郎』の伝本は、数多く存在している。
以下に、本書の書誌を簡単に記す。

所蔵、架蔵
形態、袋綴、奈良絵本、一冊（現状は断簡）
時代、［江戸前期］写
寸法、縦一六・七糎、横二二・六糎
表紙、なし

外題、付箋題「うらしま」
見返、なし
内題、なし
料紙、斐紙
行数、半葉一三行
字高、約一二・八糎

室町物語影印叢刊36
浦島太郎
定価は表紙に表示しています。

平成二二年六月三〇日　初版一刷発行
©編　者　石川　透
発行者　吉田栄治
印刷所エーヴィスシステムズ

発行所　㈱三弥井書店
東京都港区三田三ー二ー三九
振　替〇〇一九〇ー八ー二一一二五
電　話〇三ー三四五二ー八〇六九
FAX〇三ー三四五六ー〇三四六

ISBN978-4-8382-7068-2　C3019